»Du siehst, wohin du siehst,
nur Eitelkeit auf Erden.
Was dieser heute baut,
reißt jener morgen ein;
Wo itzund Städte stehn,
wird eine Wiese sein . . . «

(aus einem Sonett von
Andreas Gryphius; 1616-1664)

Judith G. Prieberg

Offenburger Marktgeschichten

Fotos: Judith G. Prieberg

Umschlag-Bild:
»Markt« des Offenburger Malers
Wilhelm Henselmann (1896 - 1973).
Das Bild wurde uns freundlicherweise vom
Ritterhaus-Museum für dieses Buch zur Verfügung
gestellt, die fotografische Wiedergabe ermöglichte
Hermann Lersch.
Umschlag-Bild Rückseite:
»Markt« des Offenburger Malers
Jaques Hyan (Jahrgang 1937).

Gestaltung: Peter Böhm
Die Texte sind in alter Rechtschreibung gehalten.

Herstellung: Books on Demand GmbH

ISBN 3-8311-2893-6

Inhalt

Ouvertüre: An einem Markttag in Offenburg

Sie saßen im Café und unterhielten sich.

Er sagte: Ich kenne einen italienischen Dichter, der einen Garten der verlorenen Früchte, Blumen und Schmetterlinge angelegt hat.

Sie sagte: Ich traf auf einem Pariser Markt einen polnisch-jüdischen Händler, der Blini verkaufte und eigentlich ein Poet war.

Er sagte: Ich aß auf dem Markt in Helsinki winzige Weizenbrötchen, die so teuer waren wie Kaviar.

Sie sagte: Ich aß hierzulande einen verbotenen Rohmilchkäse und bekam nicht die Pest, sondern nur gute Laune.

Er sagte (und lachte dabei): Ich aß noch andere verbotene Früchte.

Sie sagte: Ich kostete ein Apfelgelee, das mit Rosenblättern gewürzt war.

Er sagte: Und ich ein Eau de vie, das so köstlich war, daß die Fundstelle zu verraten sich verbietet.

Sie sagte: Ich fand bei der Erika die seltene Pastinak-Wurzel.

Er sagte: Ich kenne Frauen, die so emanzipiert sind, daß sie nicht wagen zu kochen.

Sie sagte: Und ich kenne Männer. die so emanzipiert sind, daß sie wunderbar kochen.

Er sagte: (und schaute dabei zu einer lokalen Berühmtheit, die gerade ein Bad in der Menge nahm): Ich kenne Politiker, die ihre Eitelkeiten zu Markte tragen.

Sie sagte: Ich hörte auf einem elsässischem Weihnachtsmarkt einen alten Mann, der nur eine Handvoll Wunderkerzen feil hielt, leise sagen: »Litt, vergesset mir de Sternereje nit!«

Er sagte: Jeder Markt ist ein Mikrokosmos der Welt. Dann gingen sie und füllten ihre Körbe mit den Früchten der Erde.

Dieses Buch widme ich den Offenburger
Marktfrauen und Marktmännern und meinen
wunderbaren Freundinnen und
»Marktgängerinnen«, besonders den
begeisterten Köchinnen unter ihnen:

Carmela Chiera
Gertl Erles
Erika Fink
Andrea Geitz
Emmy Gehrlein
Helga Grüber
Moni Hack
Ines Hetzel
Anke Keil-Jörger
Sybill Mayer-Kuderer
Anna Kurth
Sylvia Pomm-Hurst
Sigi Schwarz
Freia Seifert
Violetta Ventura
Maria-Elisabeth Wagner
Vivian Wagner
Jenny Zampolli

Der Fremde

Zuerst hatte man ihn gar nicht wahrgenommen. Woher er eigentlich gekommen und was ihn hergetrieben, wußte niemand so recht zu sagen.

Aus südlichen Gegenden, so vermutete man. Und dafür sprach auch sein exotisches Aussehen.

Er selbst sprach nie darüber.

Es kümmerte ihn auch nicht, was die Leute über ihn redeten. Die Frage nach seiner Staatsangehörigkeit ließ er einfach unbeantwortet - wie auch die nach seiner Identität.

Was er eigentlich so trieb, wußte niemand.

Er hatte sich nun mal entschieden, hier zu sein, hatte - wie niemand leugnen konnte - Wurzeln geschlagen. Und damit basta! Sein Selbstbewußtsein war gut entwickelt. Er war eine imposante ja höchst anziehende Erscheinung. Wen mochte es da wundern, daß gerade Frauen seine Nähe suchten? Doch tat er nichts dazu.

Dabei war er nicht einmal sonderlich gesprächig, wie das bei Südländern doch normalerweise der Fall ist. Sein Charme war eher von der stillen Art. Er gereichte jeder Gesellschaft zu Ehre, so daß man ihn nicht mehr missen mochte. Er gehörte auf unerklärliche Weise dazu.

Aber es gab auch andere in der kleinen Stadt, die ihn überhaupt nicht liebten, die ihn voller Mißtrauen beäugten, die Angst hatten - eine ganz diffuse Angst. Nein, man mochte ihn nicht, diesen Burschen.

Sollte er sich doch dahin scheren, wo er hergekommen.

Was hatte er hier zu suchen?

Hätte man sie gefragt, wovor sie sich eigentlich fürchteten, so hätten sie vielleicht gesagt, daß er ihnen die Luft nähme oder gar die Frauen. Und ob man denn nicht gesehen habe, wie die Frauen ihn umringten, berührten. Nein, man dürfe ihm nicht trauen, dem Ausländer. Gerade weil er nichts Verdächtiges tat, war er verdächtig - er war eben anders und das genügte, ihm zu mißtrauen.

Aber selbst Hand an ihn zu legen, wagte man doch nicht.

Er mußte mächtige Beschützer haben.

Und seine Beziehungen reichten wohl weit.

So riefen sie: »Ausländer raus!«

Aber sie riefen es nur leise.

Es war wohl nicht der richtige Ort, das rechte Pflaster für solche Töne.

Und darauf waren die Bewohner der Stadt auch stolz. Sie hielten sich was zugute auf ihre

Weltläufigkeit. Ja, er war gut verwurzelt in dieser Stadt, der kleine Feigenbaum.

Auf dem Markt lernt man die Menschen besser kennen
als in der Kirche
(Deutsches Sprichwort).

Aus dem Leben
einer Marktfrau

Backtag war. Frieda stand am großen Küchentisch, knetete den Teig und sang. Sie kannte keine Noten, nicht eine einzige, aber sie sang.

Nicht das Radio, nicht der Fernseher nicht der CD-Player sang - nein, Frieda sang.

Gleich, ob sie nun die Wäsche zum Trocknen auf die Leine hängte, die Dielen schrubbte, den Salat putzte oder Marmelade einkochte; welchen Verrichtungen Frieda auch immer nachging, sie sang, sang stillvergnügt und nur für sich alleine.

Und es waren seltsame Lieder, Lieder mit langgezogenen Tönen und Schleifen, tönende Ornamente, die wie Schluchzer klangen; ein wenig traurig, aber nicht allzusehr, mehr eine romantische Attitüde, die Frieda sich zu eigen gemacht hatte.

Es waren Lieder, an die nur noch alte Leute sich erinnerten. Früher - so sagten sie - hätten Leute immer gesungen.

War Frieda besonders gut gelaunt, dann sang sie »Lumpeliedle«. Sie mußten wohl höchst unanständig sein, denn dann fing sogar der uralte Nachbar an zu kichern und seine Augen begannen zu glänzen.

Manchmal blieb ein Spaziergänger auf der Straße stehen, hob verwundert den Kopf und lauschte. Und dann konnte es passieren, daß

Frieda geradezu übergangslos vom Singen in ähnlich klingendes Sprechen, Schimpfen oder Lachen verfiel, etwa so wie Elsässer, die wie von ungefähr aus dem Elsässischen ins Französische und wieder zurück ins Elsässische gleiten.

Dann schüttelte der Spaziergänger erstaunt den Kopf.

Aber vielleicht hatte ja auch eine Ahnung, eine Erinnerung ihn überkommen, derer er sich schämte (und die er deshalb tief in sich vergraben hatte).

Dem Herrgott die Zeit zu stehlen mit Fernsehen oder anderem Unfug, brachte Frieda nicht übers Herz, lieber band sie die Schürze ab, setzte sich an den Küchentisch und schrieb lange, sorgfältige Briefe - ohne Fehler.

Acht Jahre Volksschule hatten genügt, um aus Frieda einen lebenstüchtigen Menschen zu machen, der Lesen, Schreiben und Rechnen konnte. In allen drei Fächern hatte sie immer eine Eins gehabt. Sie war überzeugt davon, daß wenn ein Mensch mehr »lehren« müßte - so sagte man in dieser Region - daß er dann übergescheit würde oder der Wahn über ihn kommen, ihn eine schreckliche Krankheit befallen müsse oder daß er sonst einem Verbrechen zum Opfer fiele.

Nur der Herr Pfarrer, der Herr Lehrer, der Herr Doktor und der Viehdoktor machten da eine Ausnahme. Das waren gelehrte Herren und somit gottgewollt. Und Lateinisch sprachen sie auch.

Obwohl Frieda nichts davon verstand, machte sie sich doch ihren Reim drauf, tat widerspruchslos das, was sie meinte, richtig verstanden zu haben.

So konnte es schon mal passieren, daß sie ihrem an Masern erkrankten Kind, welches sie gleich unter zwei Plumeaus begraben hatte, ein Zäpfchen mit viel honiggesüßter Milch in den Mund schob. Denn Essen und Trinken und Arznei einnehmen, tat man mit dem Mund. Der Doktor mußte sich vertan haben - da konnte man sehen, wohin die Gelehrtheit führt - denn nach Friedas Methode gesundete das Kind so schnell, daß Frieda schon glaubte, mehr als Brot essen zu können.

Und im Rechnen macht ihr schon niemand etwas vor

Bereits als Vierjährige hatte der Vater ihr eine Rechenmaschine geschenkt, die er selbst »gebeschtelt« und mit bunten Holzkügelchen versehen hatte.

»Eine Bäuerin muß rechnen können«, hatte er der Mutter gesagt, die ihn daran erinnerte, daß Frieda doch noch viel zu klein sei für ein solches Spielzeug.

Aber wie recht der Vater behielt, zeigte sich an der Begeisterung mit der Frieda am Heiligen Abend das Spielzeug in Besitz nahm. Allen Kügelchen maß sie gleich die richtige Bedeutung zu. Die gelben standen für Gelberüben - die sie so gerne aß -, die roten für Tomaten die weißen für Schneeglöckchen, die grünen für Spinat - den sie gar nicht mochte -, die schwarzen für den Maulwurf und den Herrn Pfarrer, die hellblauen für Vergißmeinnicht und die dunkelblauen für den Himmel.

Selbst später - da war Frieda schon Bäuerin und Marktfrau - vergaß sie nie auch noch ein Stückchen Kinderhimmel mit in die Tüten zu packen. »Man ißt seine Kindheit!«, pflegte sie zu sagen. Sie hatte diesen Spruch mal irgendwo gelesen und er hatte ihr so gut gefallen, daß sie glaubte, ihn erfunden zu haben.

Im Rechnen sei die Frieda die Beste in der Klasse, hatte der Lehrer zur Mutter gesagt: Das mache halt die Konditionierung. Die Mutter hatte den ersten Satz zwar behalten und ihn - wie man hierzulande zu sagen pflegte - seichwarm dem Vater erzählt; den zweiten Teil aber - da er wohl nur gelehrtes Wohlwollen und nichts Despektierliches enthielt - verschwieg.

Dem Vater war es recht so gewesen und Frieda stolz auf ihre Rechenkünste.

Im Kopf, nicht etwa auf dem Papier, rechnete sie zusammen, zog ab, nahm mal und teilte, so flink, daß es schon an ein Wunder grenzen mochte.

Und da Frieda sich ihres Wertes sehr wohl bewußt war, ließ sie die »Schulkamerädle« freigiebig an ihren Rechenkünsten teilhaben.

Auch der Vorfall, der sich nach den Kartoffelferien ereignete, konnte ihren Ruhm nicht schmälern. Im Gegenteil!

Der Herr Lehrer hatte eine Rechenarbeit an die Tafel geschrieben, ungerührt von dem unterdrücktem Stöhnen der Schüler, sich selbst hinter das Pult verschanzt und ein Notenheft aufgeschlagen. Denn der Lehrer war zugleich auch Organist.

Frieda schrieb ruhig, mit ihrer großen, steilen Schrift Zahlenreihen untereinander, und ihr zur Linken wie zur Rechten schrieben der Fritz und die Helga säuberlich und nach alter Gewohnheit ab, und von diesen wiederum die weiter links und weiter rechts saßen, was die Frieda da so mühelos ausrechnete.

Erst als die Schüler mit Papierkügelchen warfen und die Frieda von einem unwiderstehlichen

Juckreiz befallen wurde, der daher rührte, daß der hinter ihr sitzende Franz, der sie eigentlich anbetete, ihr Kerne von Hagebutten hinter den weißen Kragen geschoben hatte, erst dann, als die Unruhe am höchsten war, schaute der Lehrer auf vom Notenheft, klopfte aufs Pult und augenblicklich war alles mucksmäuschenstill.

Entspannt und gleichsam in Vorfreude auf den Lohn der Gerechten lehnten sich die Schüler zurück.

Der Lehrer sammelte die Hefte ein ging zurück hinter das Pult, schlug umständlich ein Rechenheft auf, verglich die Zahlenkolonnen und das Ergebnis. Während auf eine nicht zu erklärende Weise ein geradezu diabolisches Lächeln auf seinem Gesicht erschien, schrieb er mit rotem Stift die Benotung.

Dann läutete endlich die Pausenglocke und während die Schüler auf den Schulhof stürmten, verglich der Lehrer Heft um Heft.

Als die Glocke dann das Pausenende ankündete, die Schüler erwartungsvoll ihre Hefte aufschlugen, die ihnen der Lehrer auf die jeweilige Schulbank gelegt hatte, leuchtete allen - auch der Frieda - eine wunderschöne, rot verschnörkelte Sechs entgegen. Erstaunte, verwunderte auch vorwurfsvolle Blicke trafen die Frieda, die schuldbewußt ob ihres Versehens unter sich schaute.

Der Lehrer sprach von einem Wunder, das sich zugetragen hatte und sich seiner unmaß-geblichen Ansicht nicht wiederholen sollte, denn daß alle Schüler eine Drei statt einer Acht von der Tafel abgeschrieben hätten, obwohl doch die bewußte Acht immer noch gut leser-lich an der Tafel prange, sei doch recht kurios.

Die Frieda hatte dann später den Franz ge-heiratet. Das kam wohl daher, daß sie sich noch lange kratzen mußte wegen der Kerne von den Hagebutten und somit denken mußte an den Franz.

Die rote Hagebuttenhecke aber, die den Franz einst mit seinem Liebesperlen belieferte, steht immer noch hinter dem Haus.

Und an besonderen Tagen im Winter, wenn die Dunkelheit schon früh über die Felder kommt, dann sitzen der Franz und die Frieda in der guten Stube und essen Hagebutten-Schleckel, die nur die Frieda so gut einzukochen versteht.

Und weil die Hagebuttenhecke über all die Jahre so groß und der Früchte so viele geworden sind, deswegen verkauft die Frieda an ihre liebsten Kunden manchmal Hagebutten-Marmelade; nur die Geschichte, die behält sie für sich.

Bertha - die Clocharde

Bertha war früh aufgestanden. Das tat sie jeden Samstag, denn jeder Samstag war ein wirklicher Sonntag, ein Tag, an dem eigentlich alles glücken mußte. Das hatte die Erfahrung sie gelehrt.

Bertha vollzog die Morgenwäsche. Das dauerte seine Zeit, denn Bertha hatte eine große, ja eine gewaltige Oberfläche.

Als die Säuberung beendet war, der Ankleide-Vorgang ebenso, warf Bertha noch einen prüfenden Blick in den Spiegel. Was sie sah, befriedigte sie außerordentlich: ein breites, ein grobflächiges Gesicht blickte ihr entgegen, wo alles sich befand, wie sie es seit jeher gewohnt war; alles andere, jede Veränderung hätte sie erschreckt.

Wohl eingebettet lagen ihre stillen Elefanten-Äuglein ausgeruht in fleischigen Wülsten oberhalb der kleinen Nase, die sich am unteren Rand rosig aufgestülpt wiederum im rechten Abstand zu dem breiten, vollippigen Mund befand.

Ihr besonderes Entzücken aber erregte jeden Morgen aufs Neue das Kinn, das im oberen Drittel mit einem Grübchen versehen, die folgenden zwei Kaskaden akzentuierte.

Dieses Grübchen, das sie dramaturgisch geschickt einzusetzen wußte, war ihr Kapital. Schelmisch und am rechten Fleck öffnete es ihr die Herzen und ... die Geldbeutel.

Denn Bertha war eine Clocharde aber beileibe keine Clocharde, die unter Brücken schlief und sich um ein heißes Wohlfahrtssüppchen kümmern mußte, nein Bertha lebte in sozusagen geordneten - städtischen - Verhältnissen.

Bertha hatte sich - die Erwägungen kamen wohl aus dem Unterbewußtsein - schildkrötengleich einen Panzer zugelegt, der sie schützen sollte vor den Fährnissen des Lebens.

Sie war ungemein gefräßig und stets wohlgelaunt.

Ihr Weltbild erklärte sich durch Fressen.

Fressen, das macht gute Laune, das machte fett und stark, buddhagleich mächtig, obwohl sie von Buddha noch nie gehört hatte.

Aber so wie zwei Erfinder durch Ozeane getrennt, ohne je voneinander gehört zu haben zum selben Zeitpunkt die selbe Erfindung machen, so fühlte sich Bertha diesbezüglich wie Buddha.

Bertha nahm nun ihre Handtasche vom Schrank und so schlendernd und schlenkernd machte sie sich auf den Weg.

Sie liebte es, zur frühen Morgenstunde an den Marktständen vorbeizustreichen, den Rufen

und Anweisungen zu lauschen, die tröstlicher-
weise nicht ihr galten. Mit weit geöffneten Nü-
stern sog sie die herbstlichen Düfte der Kastanien,
Kürbisse, Astern und Chrysanthemen ein; Gerüche, die Erinnerungen an eine andere Zeit
weckten, Augenblicke des Sinnierens, die keiner
bei ihr vermuten mochte. Der langgezogene Pfeif-
ton eines Zuges, der gerade unter der Brücke
durchfuhr, ließ sie lächeln: Ganz anders als diese
Züge, deren Abfahrts- und Zielort bekannt, wußte
niemand, woher Bertha kam und wohin sie ging.

Vielleicht hätte es ja auch niemand interessiert.

Zufrieden registrierte sie, wie das Dämme-
rungsblau sich aufhellte. Sie hatte es ja geahnt, es
würde ein schöner Tag, der die Passanten fröh-
lich stimmen mußte.

Und diese Fröhlichkeit war Garant von Ge-
berlaune, und nur einen fröhlichen Geber hat
Gott lieb. Und Bertha auch.

Oh ja, Bertha war - ohne zu lesen - bibelfest
und voller Vertrauen in Gottes unendliche Güte.

Nun lenkte sie ihre Schritte zielstrebig zum
»Palazzo«, dem Italienischen Café am Linden-
platz.

Die ersten Frühstücksgäste hatten bereits die
Tische belegt, die den spätherbstlichen Tem-
peraturen zum Trotz, noch immer über den Tag

hinaus, bis spät in den Abend hinein den öffentlichen Platz möblierten.

Nur widerstrebend rief Bertha sich die ungeschriebene Abmachung ins Gedächtnis, die besagte, daß sie das Caféhaus selbst niemals bettelnd betreten durfte, nur draußen vor der Tür war ihre Freiheit grenzenlos.

Und eigentlich war es ihr auch lieber so, denn die enggestellten Tische und Stühle waren geradezu bösartige Hindernisse, die nur dazu geschaffen schienen, daß sie notgedrungen Leute anrempelte, ihnen den Durchgang versperrte, mit ihrem Handtäschchen Gläser und Tassen von den Tischen fegte, was jedes Mal ein wüstes Fluchen und Geschrei der Kellner zur Folge hatte.

Hier draußen hingegen war Bertha in ihrem Element.

Den Bauch gleich dem Bug eines Eisbrechers vorgeschoben, so bewegte sie sich vorwärts, drehte sich, wenn ein Gesicht ihr vertrauenswürdig genug erschien, um es anzusprechen, mit einer halben Wendung, dem jeweils Auserkorenen zu.

Nun aber kam der entscheidende Augenblick, in dem es um alles ging. Und jedes Mal fieberte Bertha gleich einem Schauspieler dem ersten Auftritt entgegen: Den Oberkörper leicht vorgebeugt, den Unterkörper entspannt auf den kräftigen Säulen der leicht gegrätschten Beine ruhend, so standfest und unbeirrbar neigte sie sich - während ihre kleinen Elefantenäuglein das Opfer fest im Auge behielten - ihrem Gegenüber zu.

Nach einem Augenblick richtete sie sich bedächtig auf, gerade so, als hätte sie bereits den Grad seiner Geberfähigkeit bemessen. Nun öffneten sich ihre Lippen, verbreiterten sich und dieses Kunststück der sozusagen ins Unendliche verfließenden Lippen, während das bewußte Grübchen höchst allerliebst ihren sanften Worten: »Können Sie mir vielleicht ...?« dekorativen Nachdruck verlieh, dieses Kunststück war es, das die Angesprochenen zur Geldbörse greifen ließ.

Dies wiederum war Bertha Applaus genug.

Dankend und Gottes Segen erteilend, ruderte sie mit großen ruhigen Bewegungen durch den Menschenstrom der Steinstraße, der sich vor ihr teilte, beileibe nicht aus Respekt, vielmehr aus der uneingestandenen Befürchtung, daß man auf irgendeine, nicht zu erkennende Weise Schaden nehmen könne.

Bertha blieb stehen. Und nun geschah etwas Unerwartetes, gar Wundersames, etwas, das Bertha noch nie erlebt hatte.

Ein kleines Mädchen war auf Bertha zugetreten, hatte - während es lieblich in das große Gesicht über ihr hineinlächelte - Bertha eine Sammelbüchse hingestreckt.

»Für wen bettelst du?« hatte Bertha verwirrt gefragt.

»Für die Straßenkinder von Madagaskar«, antwortete wichtig und ganz erfüllt von seiner Mission das kleine Mädchen.

Bertha öffnete ihre rechte Hand, in der noch das hart verdiente Geldstück ruhte und schob es behutsam in die dafür vorgesehene Öffnung der Sammelbüchse.

Marktgespräch

Sie: »I hob widder ghirot!«
Er: »Jo wen?«
Sie: »De Bruder.«
Er: »De Bruder?«
Sie: »De Bruder vum Mo.«
Er: »Jo warum des?«
Sie: »S`isch de glich Sach, de glich Nome de
glich Rebe.«

Eine vom alten Schlag - oder die Geschichte vom eigenen Kopf

Der kann keiner ..., sagten die Leute im Dorf
über die Anna. Anerkennung, gar Ehrfurcht
schwang in der jeweiligen Feststellung mit, wobei
nicht ganz klar war, was eigentlich diese Aussage
meinte.

Wenn ein Fremder mal nachbohrte, um Ge-
naueres zu erfahren, dann bekam er vielleicht
die Antwort, daß die Anna eine sei, die früh
aufstehe und mit den Hühnern zeitig ins Bett
gehe.
    Sie sei halt eine vom alten Schlag. Ja, ja!

Nein, sie kümmere sich nicht um das, was
die Leute redeten. Die redeten sowieso immer.
auch ohne ihr Zutun.
    Und außerdem gäb´s auch nicht viel zu sa-
gen, schon gar nicht über die Anna.
    Sie sei halt noch eine vom alten Schlag. Ja, ja!

Schaffig sei sie, seit jeher. Und seit der Mann
vergraben, noch mehr ... Doch, einige aus dem
Dorf hätten um die Witfrau geworben, früher.
    Aber die Anna wolle halt net. Sie habe ihren
eigenen Kopf.
    Sie sei halt eine vom alten Schlag . Ja, ja!

Fernsehn? Dafür sei der Tag zu kurz und das Leben nicht lang genug, habe die Anna einmal gesagt.

Lesen tät sie halt, bis der Schlaf über sie käme.
Und der käme schnell.
Sie sei halt noch eine vom alten Schlag. Ja, ja!

Leichter könne sie's haben?
Die Jüngste sei sie auch nicht mehr.
Gewiß!
Aber da könne man nichts machen.
Es reiche ihr ja auch so.
Und viel brauche sie nicht zum Leben
Sie sei halt noch eine vom alten Schlag. Ja, ja!

Sie könne mehr rausholen aus dem Land?
Das wär wohl wahr. Aber die Anna sei eben halsstarrig.
Sie fahre halt Mist wie eh und je.
Und trotzdem wachse alles bei ihr.
Sie sei halt eine vom alten Schlag. Ja, ja!

Geld?
Doch, Samstags fahre sie mit dem, was sie habe, auf den Markt.
Es sei net viel. Gott bewahre.
Aber es reiche ihr auch so.
Sie sei halt eine vom alten Schlag. Ja, ja!

Sanftmütig sei sie? Gewiß!
Aber einmal hätt´ man die Anna doch wütig
gesehen.
Da seien Herren zu ihr gekommen von einer
großen Firma.
Die wollten das Land von der Anna
Als Versuchsgut!
Und es hätt' sie auch gar nichts gekostet.
Nur viel gebracht,
hätten die Herren gesagt.
Da hätt´ die Anna gar grusig geschrien,
Und alle Hunde hätten gebellt.
Und die Herren wären nie wiedergekommen.
Sie sei halt noch eine vom alten Schlag. Ja, ja!

Ja, seltsam sei's schon.
Denn seit geraumer Zeit
kämen immer mehr Leut zu der Anna.
Von weither- Und große Autos hätten die.
Und gut zahlen täten die auch.
Sogar für Brot und Eier.
Und die Anna bewirte sie
mit eigenem Most und Flammenkuchen.

Ganz narrisch seien die Leute darauf, Der
Fremde nickt: »Sie ist wohl eine vom alten
Schlag. Ja!«

Adam und Eva

Von weitem hatte er sie schon des öfteren gesehen, aber nie gewagt sie anzusprechen.

Dabei hegte er doch den berechtigten Verdacht, daß immer, wenn ihre Augen sich trafen, ein Aufblitzen des Wiedererkennens, ja vielleicht sogar der Freude unverkennbar war.

Aber diesmal, so glaubte er - und er hatte es sich schon tausend Mal vorgenommen - , diesmal sag ich es ihr. Aber was sollte er ihr eigentlich sagen?

Daß er sie liebe?

Dann würde sie ihn sicher stehen lassen.

Dabei entsprach es doch der Wahrhaftigkeit seiner Gefühle.

Aber er durfte nichts riskieren.

Sie nicht erschrecken.

War er etwa ein italienischer Hallodri, ein Papagallo, der zu allen Frauen, die ihm begegneten, sülzte: »Ich liebe Dich!«

Heute aber sah er sie aus der Nähe.

Mein Gott, war sie schön.

Und sie schaute ihn an, wahrhaftig, die jetzt an einen der Marktstände getreten war und prüfend einen der Äpfel in der Hand wog. Mit ein paar Schritten - oder flog er? - war er neben ihr. Wieder schaute sie ihn an, lächelte dieses verschleierte Lächeln, das er schon früher an ihr bemerkt hatte.

Er warf einen Blick auf ihre geöffnete Hand, auf der ein kleines, unscheinbares Äpfelchen lag.

Blitzschnell wanderten seine Augen über die ausgestellten Früchte, während sich seine Hand schon nach dem prächtigsten Exemplar eines Apfels ausstreckte.

Triumphierend hielt er ihn dem Mädchen hin.

»Vielleicht ist es ja die Frucht eines verbotenen Baumes?«, zauderte sie.

»I wo!«, sagte er leichthin, »Verbotene Bäume gibt's nicht. Schon gar nicht für die, die sich lieben!« - und biß in den Apfel.

»Köstlich ist er!«, sagte er kauend und hielt ihr den Apfel hin. Seine Zähne blitzten.

»Wenn das so ist ...«, sagte das Mädchen und biß in den Apfel, »dann können wir ja heiraten!«

»Aber die Geschichte war doch ganz anders«, empörte sich die Marktfrau.

»Glaub' ich nicht!«, lachte der Jüngling.

»Ich auch nicht!«, lachte das Mädchen.

»Und wo geht's nun zum Paradies?«

Die Heimkehr

Der Zug fuhr. Der Fremde saß am Fenster.

Er wandte keinen Blick vorwärts noch zurück. Was gerade ins Sichtfeld kam, dünkte ihn Ansehens genug.

Herbstlich trüb zog draußen die Landschaft an ihm vorbei. Der Reisende fröstelte.

Der Zug hielt.

»Offenburg, Offenburg ... «, vernahm er die Bahnhofsdurchsage.

Der Reisende stand auf, nahm seinen Handkoffer und verließ den Zug.

Kurz danach fand er sich vor dem Bahnhofsgebäude.

Unschlüssig schaute er stadteinwärts. Den fragenden Blick eines Taxifahrers verneinte er wortlos. Zu Fuß wollte er gehen.

Leute kamen ihm entgegen, überholten ihn.

»Wo gohsch na?«, hörte er hinter sich eine kehlige Frauenstimme und hatte sich, ohne es zu wollen, schon umgedreht.

»I hän net Sie gmeint!«, lachte die Frau in sein betroffenes Gesicht und wandte sich der eigentlich Angerufenen zu.

Wortlos ging der Fremde weiter.

Gegen alle faßbare Vernunft war er auf den Tonfall dieses banalen Anrufes, der nicht mal ihm galt, hereingefallen. Sprachen denn die Nixen vom Mummelsee auch badisch? Er wußte doch um die Verführungskraft dieser badischen Sprachmusik!

Je mehr er sich dem Zentrum näherte, desto mehr verdichteten Menschen Straßen und Plätze: Menschen, beladen mit Taschen und Körben, die kamen und gingen, die suchten und fanden, die ihn anstießen und sich versöhnlich sogleich entschuldigten.

Er spürte wie er begierig Worte und Gerüche einsog, wie er es geradezu darauf anlegte, angerempelt zu werden.

»Ich muß einen neutralen Ort finden«, befahl er sich, »das hier geht ja gegen alle Vernunft«

Suchend schaute er sich um.

Die Straße hatte sich zu einem Platz erweitert. »Palazzo« las er.

Ja, dort wollte er sich hinflüchten, um sein Gleichgewicht wiederzufinden.

Betont gleichmütig nahm er die paar Stufen, die gläserne Tür öffnete sich, um sich gleich hinter ihm wieder zu schließen. Ein winkelförmiger Raum bot sich ihm an, noch unbelebt. Das Café hatte wohl gerade erst geöffnet.

Der Fremde erkor einen Fensterplatz. »Un cappucco!,« rief er dem sich nahenden Kellner zu. Warum nur wählte er, bevor der Kellner ihn erreichte, die italienische Sprache und dazu noch die verkürzte?

Wollte er Distanzen schaffen einerseits und Nähe erfahren andererseits?

»Si' Signore!«, antwortete Lino mit einem angedeuteten Neigen des Kopfes.

Einen Augenblick später brachte der Kellner das Gewünschte.

»Warten Sie«, sagte der Fremde. »Ich hätte noch gerne ein, ein Kipferl, ein Hörnchen, ein Croissant, ein ...« Er suchte nach Worten.

»Vielleicht eine Salzbrezel mit Butter?«, forschte Lino. Ihm schien, daß der Fremde unfähig war, sich zu entscheiden. So etwas wie Mitleid wehte ihn an.

»Sie sind fremd hier?«, fragte er mit einem Blick auf den Koffer.

»Fremd?« wiederholte der Fremde. Es schien, daß die Situation ihn überforderte.

»Fremd? Ja, so!« Und um von sich abzulenken, sagte er: »Und Sie?«

»Fremd?«, antwortete der Kellner ,»Was wäre das Gegenteil? Heimat?«

Der Fremde schwieg. Er wußte es selber nicht mehr.

Der Kellner schaute nach draußen. Der Fremde folgte seinem Blick.

Lino sagte: »Sie grüßen sich, sie geh'n aufeinander zu, sie reden miteinander, sie küssen sich sogar. Ist es das?«

Der Fremde warf einen Blick, den Lino als sehnsüchtig einordnete, hinaus: »Eine Konvention vielleicht, ein Zusammenspiel. Der Angst entsprungen, der Not gehorchend. Es wird doch schon genug veranstaltet, um zu beweisen, daß Heimat etwas Schicksalhaftes sei, eine göttliche Gesetzmäßigkeit geradezu. Und diese Notgemeinschaft wird stilisiert und mißbraucht im Begriff Heimat. Man könnte es auch als Denkschlamperei bezeichnen«, setzte er boshaft hinzu.

Lino lächelte leicht.

Der Fremde deutete nach draußen, wo zwei Hunde aufeinander zuliefen: »Sie laufen auch aufeinander zu. Sie begrüßen sich, sie setzen ihre Marken, stecken ihr Reich ab in haushälterischer Sorge, und dann ...?« »Dann laufen sie wieder auseinander, um sich wieder zu finden«, ergänzte Lino. Und wie zu sich selbst:

»Ich habe Angst, den richtigen Zeitpunkt der Heimkehr zu versäumen!«

Und leise: »Unlängst besuchte ich Pompeji. Ein kleines Mädchen stand neben mir. Es sagte: Ich hab´ jetzt soviele Mauern von alten Häusern gesehen. Aber keine Kinder. Wo sind die Kinder? Ich will mit den Kindern spielen!«

Lino hatte sich abgewandt, er ging zur Theke, brachte die gewünschte Brezel.

Der Fremde betrachtete die Brezel. Er nickte: »Sie haben ja so recht. Meine Frau ... Ich ...
Wir kehren heim!«

»Man muß viel Ferne getrunken haben, um den Zauber
des Nächsten zu fassen«
(Martin Kessel, Gegengabe III).

Re-Import

»Das sind ja wunderschöne Rosen!«, sagt die Kundin begeistert. Sie beugt sich über die Blüten.

»Und sie duften ja sogar...«

Die Marktfrau nickt: »Sie werden nie ge-spritzt, was wächst, wächst.«

»Und sie blühn bis in den Winter hinein«, ergänzt ihr Mann.

»Wir haben sie aus der Heimat mitgebracht«, sagt die Marktfrau.

»Aus Rumänien«, ergänzt der Mann.

»Mein Vater hat sie immer besonders ge-pflegt«, sagt die Frau.

»Wie schon ihr Großvater«, lacht der Mann.

»Es war was Lebendiges aus der Heimat«, sagt die Frau.

»Aus Deutschland!«, ergänzt der Mann.

In geheimer Mission

Endlich war Walter da, wo er am liebsten war: im Bett. Er überdachte nochmals die vergangenen Stunden.

Er hatte wohl den seltsamsten Auftrag seines Lebens erhalten. Und er war schon lange in dem Job.

Gegen Abend hatte ihn der Chef in sein Büro gerufen. Walter vermeinte seinen Boß genau zu kennen was ihm Grund gab, ihn aus tiefstem Herzen zu verachten.

Ein Geizkragen war der, knickrig und penibel, kurz ein Müsbolleschisser (Mäuseknoddescheisser), wie man hierzulande über ein knausrig-genaues Individuum sagte, das nur soviel aß und trank, wie ein Mensch gerademal für seine notwendigen Lebensfunktionen brauchte. Dafür war er auch dürr wie ein Zaunstecken.

Walter wußte, daß die Verachtung auf Gegenseitigkeit beruhte, daß der Chef ihn nicht nur verachtete, ja ihn geradezu verabscheute, denn Essen und Trinken bedeutete für Walter, Lebenselexier. Und welch wundervolle Gespräche entwickelten sich dabei über Menschen, Märkte, Reisen, Abenteuer. Er mußte allerdings zugeben, daß sich die meisten Sensationen im kulinarischen Bereich zutrugen.

Oh nein! Keine zehn Pferde hätten ihn jemals auf ein Kamel gekriegt, nur um die lächerliche Pfütze einer Oase zu finden. So etwas schaute man sich im Fernsehen an oder im Kino und war heilfroh, daß man keine Gipfel stürmen, sich von Felswänden abhangeln oder gar auf äußerst wackligen Brettern über Wellen reiten mußte, nur um sich zu beweisen.

Allerdings - und das gestand sich Walter auch ohne falsche Scham ein- würde er wohl auch keine so gute Figur abgeben, weder auf dem Rücken eines Kamels, noch in der Badehose.

Letztere, ein gewaltiges, sackartiges Gebilde aus schwerem Tuch - und das hatte er schon des öfteren erfahren - forderte geradezu die Lachlust anderer ranker und schlanker Badegäste heraus.

Aber was wußten die Ranken, Schlanken schon von seinem animalischen Lebensgefühl? Niemand hätte vermocht, es ihm zu rauben. Der Bauch war nun mal sein Schicksal.

Gut! Und so mußte man das Beste daraus machen.

Walter war durchaus gewillt, seine selbst auferlegte Pflicht gewissenhaft zu erfüllen, ihr nachzukommen mit einem guten Père Lafitte, Jahrgang 94 beispielsweise.

Walter wälzte sich baalgleich und vergnügt aus dem Bett, tappte gewichtig, daß die Dielen knarrten, zum barocken Schreibschrank, dem einzigen Möbel, dem Walters Körperproportionen entsprachen, entnahm ihm mit feierlicher Gebärde eine etwas unscheinbare Flasche, betrachtete eine Weile liebevoll das Etikett, bevor er das Geheimnis mittels Korkenzieher lüftete. Danach folgte das fragende, rätselnde Beschnuppern des Korkens und wieder danach die Sekunde der Wahrheit: der erste, verkostende Schluck. Zu diesem Zweck wählte Walter sich ein dickbauchiges, altes mundgeblasenes Glas, ließ sanften Blicks die rubinrote Flüssigkeit gleich einem Rinnsal in das geneigte Glas laufen, hob es gegen das Licht, um es dann an den Mund zu führen.

Für einen Moment umschlossen Walters Lippen das dickwandige Gefäß, tief atmete er den schweren, etwas erdigen Duft ein, um endlich dann den ersten Schluck im Mund kreisend zu kosten.

Gut Ding braucht seine Zeit - das war Walters Lebensmaxime - und es gab viele gute Dinge im Leben Walters.

Ob aber das ein gutes oder garstig Ding ist, was ihm heute von seinem Chef angeboten war, würde sich erst im Nachhinein entscheiden. Er hatte der Aufforderung des Chefs sich sofort in dessen Zimmer zu begeben, Folge geleistet, hatte fragenden Blicks wie ein Koloß im Türrahmen gestanden, was den Chef veranlaßte, ihn mit einer Handbewegung zur Sitzgruppe, die sonst nur Besuchern vorbehalten war, zu dirigieren.

Jetzt ist äußerste Vorsicht geboten, sagte sich Walter, denn etwas so Außerordentliches war in den ganzen zwanzig Jahren - und so lange arbeitet Walter schon in dem Laden - nie passiert.

Der Chef hatte sarkastisch gegrinst, so daß alle Falten in seinem ledrigen Windhundgesicht verrutschten, die Sekretärin mittels Knopfdruck herbeigerufen und nur ein Wort gebellt: »Champagner!«

Mit weit aufgerissenen Augen, in denen das blanke Entsetzen stand, hatte Walter seinen Chef angestarrt. Dann aber - und nun schrillten bei ihm alle Alarmglocken gleichzeitig - war der Chef an den Schrank getreten, hatte ihm einen Zigarrenkasten entnommen, aufgeklappt und Walter unter die Nase gehalten.»Bedienen Sie sich!«, hatte er geradezu weltmännisch geknarzt. Walter war wie von einer Tarantel gestochen, zurückgeschreckt, was sein liebevoll gepflegtes Doppelkinn in nachbebenden Aufruhr versetzte, hatte dann aber - nach mehrfach ermunterndem Nicken des Chefs - mit weicher

Hand eine echte Havanna herausgeklaubt, daran geschnuppert, vorsichtig die Spitze abgeknipst und einen tiefen Zug genommen.

Gut, das war also der Rausschmiß - hatte Walter gedacht. Doch immerhin wollte der Chef - und das rechnete Walter ihm hoch an - den Abschied dieserart versüßen. Nein so viel Menschlichkeit hätte er ihm wahrhaftig nicht zugetraut.

Der Chef, der natürlich auch heute weder rauchte noch trank, war an den Safe getreten, hatte eine Mappe und dieser ein Bild entnommen und sich Walter gegenüber gesetzt.

»Kennen Sie diese Dame?«, hatte er gefragt und ihm das scharfgestochene Portrait einer recht munter dreinblickenden Dame gezeigt.

Walter schüttelte bedauernd den Kopf. Er kannte zwar viele Damen, das brachte der Job und das mitunter damit verbundene Nachtleben so mit sich, aber diese schien nicht in dieses Milieu, diese Kategorie zu passen.

Entspannt lehnte sich Walter zurück. Es ging also um einen Auftrag. Vielleicht ein eifersüchtiger Ehemann oder Liebhaber, der einen berechtigten oder unberechtigten Verdacht hegte ...?

Der Chef schüttelte unmerklich den Kopf:

»Sie müssen alles über dieses Frauenzimmer
rauskriegen, einfach alles! Ihre Lebensgewohn-
heiten, ihre Untugenden und Tugenden - sofern
sie letztere hat. Es gibt kein Detail was nicht
interessiert, wie sie sich kleidet, was sie ißt,
was sie trinkt. Und ... was sie ihren arglosen
Gästen serviert. Und seien Sie selbst vorsichtig.
Sie arbeitet mit Pilzen, mit Totentrompeten ...«

Der Chef beobachtete scharf die Wirkung
seiner Worte, aber Walter hatte sich nach alter
Gewohnheit genießerisch die Lippen geleckt.
»Trompetes du morts«, wiederholte er träu-
merisch, bis ihn die Stimme seines Chefs aus
seinem Wohlbehagen aufschreckte: »Versuchen
Sie, sich in ihr Vertrauen einzuschleichen, fol-
gen sie ihr auf Schritt und Tritt. Jede Kleinig-
keit ist interessant für den Auftraggeber. Achten
Sie vor allem auf die Ideologie, Kommunismus
und so, Sie verstehen. Er bezahlt fürstlich. Und
das ist erst der Anfang. Wenn die Organisation
zufrieden ist, dann haben Sie für die Zukunft
ausgesorgt.«

Und endlich fügte er boshaft hinzu: »Dann
können Sie in den teuersten Freßtempeln der
Welt schlemmen und prassen, bis Sie platzen.«

Die letzte Bemerkung brachte Walter wieder
zu Bewußtsein, daß der geldgierige Chef ihm
diesen Auftrag ja keineswegs aus reiner Men-

schenliebe gab, sondern daß etwas Unheimliches, nicht Greifbares dahinter stecken mußte.

»Mafia?« stotterte er und wußte zugleich, daß er diesen schweinischen Auftrag ablehnen mußte. Oh nein er liebte das Leben, und die Vorstellung, abgemurkst zu werden, einfach so, war ihm äußerst zuwider. Sollte doch dieses raffgierige, geldgeile Monster ihm gegenüber selbst den Auftrag übernehmen.

Der Chef schüttelte lächelnd den Kopf, wobei die fleischlosen Lippen sein langes, englisches Pferdegebiß entblößten: »Absolut seriös!«, um im abgehackten Stakato-Stil fortzufahren: »Amerikanisches Management / sucht / in good / old / germany / heile Welt / Klöster, Bauernhöfe, Restaurants etc. / inklusive Essen ohne Chemie / Quellwasser / Bollenhut.«

»So!« sagte er abschließend: »jetzt trinken Sie endlich aus, die Zigarre können Sie mitnehmen. Ich habe sie für 14 Tage in das Etablissement dieser Dame einquartiert. Wie ich hörte, soll die Dame nicht ungesellig sein. Also kann es nicht allzu schwer sein, ihr Vertrauen zu erringen. Nach zwei Wochen will ich den ersten Bericht.«

Walter hatte sich aus dem Sessel gewuchtet und sich mit einem bedauernden Blick auf die halbvolle Champagnerflasche verabschiedet.

Ach ja, nur zu Hause konnte man so richtig heimisch sein, dachte Walter, der sich nun ächzend in den schweren Voltaire-Sessel fallen ließ, der seinerseits ächzend Antwort gab. Liebevoll verweilten Walters Blicke auf seiner Schallplatten-Sammlung, wanderten dann zu seiner Bibliothek und der einzigartigen Kochbuch-Kollektion, um endlich an dem Etikett der Père Lafitte-Flasche haftenzubleiben.

Wieder goß er sich vorsichtig ein Glas ein, schloß die Augen und war sanft in Morpheus Schoß geglitten.

Bereits acht Tage später legte Walter nicht ohne Stolz seinem Chef den ersten Zwischenbericht vor.»Diesmal sind die Fotos ja von erstaunlicher Qualität«, sagte der anerkennend, während er umblätterte. »Aber was zum Teufel bedeutet denn dies?«

»Das bin ich!« sagte Walter bescheiden, »Bei der Weinprobe, ein köstlicher Durbacher Grauburgunder, Jahrgang 93.«

»Ja, das seh' ich!«, knurrte der Chef, »Ein Tonnengewölbe mit Naturboden«, schwärmte Walter.

»Observiert die Dame Sie oder Sie die Dame?«, spottete der Chef.

»Sie bestand darauf, mich zu photografieren. Damit ich ein Andenken hab' ... «, fügte Walter etwas gequält hinzu.

»Nun gut! Dann hat sie jedenfalls nichts bemerkt.«

Walter schwieg.

Der Chef blätterte um: »Und was ist dies für ein Raum?«

»Das Frühstückszimmer!«, sagte Walter und seine Züge belebten sich, »Der Tisch ist mit handgewebten Linnen eingedeckt. Butter, Milch, Sahne, Quark, Käse, Wurst, Marmelade, Honig, alles wird in Glas- oder Porzellanschüsseln serviert. Es gibt kein Plastik«

»Verdächtig!«, murmelte der Chef, »steckt wohl eine Ideologie dahinter.«

»Grinsen Sie nicht so dämlich!«, schnauzte er Walter an. Er blätterte um, »Und was soll das sein?«

»Ein Kruzifix im Herrgottswinkel!«, lächelte Walter.

»Auch das noch. Seh' ich selbst! Interessiert nicht! Ist unwichtig!«, bellte unwirsch der Chef.

»Es ist ja nur wegen der Ideologie!«, bemühte sich Walter zu erklären.

Der Chef ignorierte den Einwurf, blätterte weiter.

»Und das? Was soll denn dieser Hamilton-Verschnitt? Wohl im Gegenlicht aufgenommen«. Er hielt sich die Mappe näher ans Gesicht.

»Das ist sie, an der Quelle!«, beeilte sich Walter zu erklären und betrachtete lächelnd das Foto. Der Chef blätterte hastig um. »Und was bedeutet dieses Gewimmel?«

»Markttag in 0«, erklärte Walter.

»Und was schleppt sie denn da ab?«,fragte der Chef

»Oh, vieles: Olivenöl aus Kreta, grüne Marseilleseife, Schafskäse aus Bulgarien, Zitronen aus Griechenland, Oliven aus Italien.«

»Unhygienisches Zeug!«, erregte sich der Chef. »Für was gibt's eigentlich Supermärkte? Ein subversives Weibsbild ist das. Unterminiert die ganze Marktwirtschaft.« Er atmete heftig, »Man müßte sie verbrennen, die alte Hexe!« geiferte er. Schaum stand ihm vor dem Mund. Er griff eine Schere, stach wie ein Rasender in das Foto, »Vierteilen, rädern, aufhängen, federn, müßte man sie«, keuchte er, riß, zerfetzte das Heft in kleine Stücke.

Walter fiel ihm in die Arme: »Hören Sie doch auf, lassen Sie doch ...«

Das Telefon läutete, Walter fuhr erschrocken auf.

Hatte er alles nur geträumt?

Das Telefon läutete weiter. Walter wischte sich den Schweiß vom Gesicht, dann nahm er den Hörer ab. Die unterkühlte Stimme seines

Chefs drang wie durch Nebel an sein Ohr:

»Wie steht es in der Sache? Ich erwarte Ihren Bericht.«

Walter atmete tief durch, dann sagte er ruhig:

»Ich werde den Auftrag nicht ausführen. Ich habe mir einen alten Bauernhof im Schwarzwald gekauft. Ich kündige!«

Behutsam legte er den Hörer auf und ebenso behutsam trank er den letzten Schluck des göttlichen Père Lafitte.

»Was gegen die Natur ist, das ist gegen Gott!«
(Friedrich Hebbel, »Judith« III).

Der Kaiser von Rom

Sie hatte Morcheln gesucht im lichten Unterholz des Rheinauwaldes und Trüffeln in den Wäldern des Piemont, Steinpilze im dunklen Forst der Vogesen; nur den Kaiserling, den hatte sie nie gefunden.

Es war so, als hätte sich dieser König - nein Kaiser - der Pilze, nach dem er seinen Namen trug, eine Tarnkappe übergestülpt.

Er hatte sich, trotz heftigster Suche aus schierer Boshaftigkeit ihren Augen entzogen.

Und nun lag er vor ihr, reliquiengleich in weißes Seidenpapier gehüllt. Sein orangefarbenes Bein leuchtete.

»Was ist das für ein Pilz?«, fragte sie mit zittriger Stimme den türkischen Händler Selim.

»Simsalabim, ein Kaiserling!«, sang der Angesprochene.

Sie hätte darauf schwören können daß dieser Händler den althergebrachten Zauberspruch aus 1001 Nacht beschwor, denn wie sonst, wie um alles in der Welt, kam diese Preziose unter den Pilzen auf den Verkaufstisch einer Marktbude. Dazu noch auf den Markt einer badischen Kleinstadt.

Vorsichtig löste sie das fragile Kleinod aus seinem Bett, beschnupperte, betrachtete es verzückt. Mit dem leicht irren Blick einer Pilzsammlerin fragte sie den Händler nach dem Preis.

Er nannte ihn.

Erschreckt, verstört schauten die Umstehenden auf. »Aber das ist ja ein Fliegenpilz!«, sagte ein älterer Herr, »Ich kenn' mich da aus!«

»Und giftig ist der!«, ergänzte eine Kundin mit dem Aussehen einer Qualle.

»Hochgiftig ist der!«, erregte sich eine Mausgesichtige. Selim lächelte. Mochten sie über Gift oder Güte eines Pilzes streiten; das Gift der Worte wiegt schwerer, dachte - seine Erfahrungen umwertend - Selim, der insgeheim die Weisheit des Orients mit der des Okzidents verglich.

»Und wenn man aufwacht, ist man tot!«, sagte die Quallige boshaft.

»Dann war's ein schöner Tod!« strahlte die Pilzsammlerin und zahlte. Das Himmelreich war ihrer.

»Zur Weltstadt gehört nicht ein Volk, sondern eine Masse.«
(Oswald Spengler, Der Untergang des Abendlandes).

Ein Amerikaner in Venedig
(Lino, der italienische Kellner vom »Palazzo«, erzählt einen Witz)

Ein amerikanischer Tourist schlendert über den Markt. Er bleibt an einem Stand stehen, deutet auf die Tomaten.

Er fragt den Gemüsehändler: »Was für eine Frucht ist dies?«

»Das sind Tomaten!«, sagt der Händler erstaunt.

»Tomaten?«. lacht der Amerikaner mitleidig.

»Bei uns«, und er zeigt mit beiden Händen die Größe einer Grapefruit an, »bei uns, in Amerika, sind die Tomaten so groß!«

Dann deutet er auf eine Zitrone

»Und was für eine Frucht ist dies?«

»Das ist eine Zitrone!«, sagt der Händler, schon leicht irritiert.

»Ha, ha!«, lacht der Amerikaner.

»Das soll eine Zitrone sein? Das ist ja ein Witz auf eine Zitrone! Bei uns in Amerika« - und er zeigt die Größe einer Wassermelone - »bei uns in Amerika sind die Zitronen so groß«

Danach deutet er auf einen prächtigen Riesenkürbis.

»Und nun mein Freund«, sagt er gönnerhaft, »was für eine Frucht haben wir denn hier?«

Der Gemüsehändler schaut ihn starr an:

»Eine Erbse ist das!«, sagt er bescheiden, »eine kleine, eine klitzekleine italienische Erbse ist das!«

Der Materialist

Es dämmerte noch, als er das Haus in der östlichen Vorstadt verließ. Er trat aus der Haustür. Wie sehr er doch diese frühmorgendliche Herbststimmung liebte. Tief sog er den Duft des leicht modernden Laubes ein.

In den welken Blättern, die den Weg bedeckten, scharrte eine Amsel.

Vom nahen Bahnhof wehte der Wind Bruchstücke einer Zugdurchsage an.

Noch stand der Mond als dunkle Sichel vor dem Frühblau des Himmels. Der Morgenstern blinkte.

Michael schritt über die Eisenbahnbrücke und war am Ziel. Es war Markttag. Wie zu erwarten, waren die Händler noch mit dem Auslegen ihrer Waren beschäftigt. Einige warfen verwunderte Blicke auf den frühen Gast, den meisten von ihnen aber war er vertraut. Galt er doch als guter Kunde. Obwohl sehr wählerisch - das Beste dünkte ihm gerade gut genug - so überzeugte immer doch sein außerordentlicher Sachverstand.

Man mußte nur einmal gesehen haben, wie er behutsam eine Frucht aufnahm, beäugte, betastete, beroch um sie dann, wenn sie seine Zustimmung gefunden hatte, sorgsam und mit allem nötigen Respekt, ja geradezu mit Ehrfurcht vorsichtig einhüllte und in seinem Korb verstaute.

Man wußte nicht allzuviel über ihn, hörte nur hin und wieder, daß er für eine große Wochenzeitung schrieb - die sie nie lasen - daß er mehrere Kochbücher herausgegeben habe und sogar im Fernsehen aufgetreten sei. Man erzählte sich, daß er wohl kluge Dinge gesagt habe, denn die Zuhörer hätten gar andächtig gelauscht und später dann heftig geklatscht.

So hüllte ihn ein Wohlwollen ein, von dem er gar nichts ahnte, wobei ihm noch zugute kam, daß seine alemannische Herkunft - ob badisch oder elsässisch wußte man nicht so genau - ihm den Ruf gleichsam mittelmeerischer Magie verlieh.

Er war einer von der besonderen Art, so mochten sie wohl denken, einer der in sich selbst ruhe, den nichts aus dem Gleichgewicht bringen könne. Und bis vor vier Wochen stimmte das ja auch.

Seitdem aber - und er war sich selbst unheimlich geworden - war so etwas wie Besessenheit über ihn gekommen.

Oh, wenn sie wüßten, wenn sie nur eine blasse Ahnung hätten, wie es um Michael stand.

Was war geschehen?

Freunde hatten ihn mitgenommen zu einer Abschiedsparty, die eine gewisse Eva gab, die er nun suchte.

»Was für ein abgeschmackter Name« so hatte er abgewehrt.

Doch die Freunde hatten gelacht und einstimmig behauptet, daß es keinen trefflicheren Namen für diese - jeder faulen Konvention abholden - anbetungswürdigen Frau gäbe. Hinzu käme noch eine Kochkunst, die geradezu erhaben zu nennen sei. Oh ja, seine Freunde wußten sehr wohl, wie sie ihn ködern konnten.

So war er eben mitgegangen, nicht ohne zuvor noch seine Bedenken zu äußern, daß er ja die Dame gar nicht kenne und es deshalb vielleicht nicht sehr schicklich sei.

Die Freunde wiederum hatten ihn beruhigt, nachdem sie ihn mit seinen altmodischen, altväterlichen, ja geradezu kleinbürgerlichen Ansichten bezüglich der Schicklich- oder Unschicklichkeit aufgezogen hatten.

Ja und dann war Adamgleich die Sehnsucht nach dem anderen Teil des Apfels über ihn gekommen, nachdem er - geradezu ein Opfer - mitgefahren war in die kleine Stadt A., die in der hügeligen Vorberglandschaft des Schwarzwaldes lag.

Man hatte ihm den Platz neben der Gastgeberin zugewiesen. Nicht nur daß das gereichte Essen in einer raffiniert subtilen Dramaturgie geradezu erlesen zu nennen war (das jedem First-Class-Restaurant zur Ehre gereicht hätte), sein besonderes Entzücken erregte diese Eva, die völlig ungekünstelt, dafür aber mit unaufdringlichem Sachverstand sich über die Besonderheiten links- und rechtsrheinischer Bauernmärkte ausließ. Sie wußte, bei welchem Bauern sich das zarteste Perlhuhn finden ließ und wo ein Wein, der aus der Mode gekommen. Sie sprachen über Rebhänge, Lage und Bodenbeschaffenheit, über den unnachahmlich herben Duft eines herbstlichen Kartoffelfeuers.

»Oh, sie sind ja ein Materialist!«, hatte sie begeistert und mit strahlenden Augen ausgerufen, als habe sie gerade die anbetungswürdigste Eigenschaft eines Menschen entdeckt.

Und er? Er war zuerst verblüfft, dann befremdet, schließlich beleidigt gewesen, denn bisher stand für ihn der Begriff des Materialisten in der Rangfolge menschlicher Tugenden wohl auf der untersten Sprosse, gerade mal über der des Egoisten.

Er war verstummt.

Und sie? Sie hatte sich - so schien es ihm jedenfalls - an seinem Entsetzen, seiner Sprachlosigkeit geweidet und erst nach geraumer Zeit herabgelassen, ihm ihre eigene Sprach- und Wortinterpretation zu erläutern. Dabei war sie so frei und unbefangen, so bar aller Lehrbuchweisheiten, daß er versucht war, akademisch-

korrekt zu kontern, es aber ließ, als sie unvermutet in
den weichen, gutturalen Singsang des alemannischen
Dialekts eintauchte, der alle trockenen Lehrsätze
geradezu als Parodie erscheinen lassen mußte.

So hatte er sie nur stumm wie ein Fisch an-
geglotzt.

Wenn er daran zurückdachte, trieb es ihm
die Schamröte ins Gesicht.

Ja, hinterher war ihm eingefallen, was er
alles hätte sagen können, Wortspiele, geistreiche
Apercus , daß sie nur so gestaunt hätte. Er war
ja sonst nicht aufs Maul gefallen. Das konnten
seine Freunde bestätigen.

Aber die - auch auf gute Freunde war kein
Verlaß - die standen nur im Halbkreis um ihn
und Eva, feixten, warfen sich verständnisinnige
Blicke zu und verschwanden.

Und ihm - dem Trottel, wie er sich insgeheim
beschimpfte - war auch nichts Besseres eingefallen, als sich unter einem fadenscheinigen
Vorwand zu verabschieden, obwohl er doch
bleiben wollte, am liebsten für alle Zeiten. Aber
nun war es zu spät.

Unglücklich war er, ach ja.

Ach ja. Seit einem Monat war seine Ruh' dahin.

Er träumte, träumte trüben Blicks von einer
Frau mit dem wunderbaren Namen Eva. (Wie
hatte er den Namen nur einmal gräßlich finden

können?) Und er hatte sie ja gefunden, um sie wie Orpheus gleich wieder aus den Augen zu verlieren.

Beiläufig und wie er glaubte, daß nichts seinen erbarmungswürdigen Zustand verriet, fragte er die Freunde nach dem neuen Aufenthaltsort Evas. »Aber sie ist doch nach O. gezogen« sagten sie verwundert.

»Ach so!« sagte er betont gleichgültig. Dabei hätte er jubeln können.

Denn ... wenn sie hierher in diese Stadt gezogen war, dann mußte er ihr auch begegnen.

Dienstags und Samstags war Markt in der Stadt. Folglich mußte sie einfach hier erscheinen, und somit war ein rein zufälliges Treffen unvermeidlich. Aber vielleicht - und der Gedanke peinigte ihn unsäglich - war sie ja über den Rhein zu einem der vielen elsässischen Märkte gefahren.

In seine Überlegungen hinein, hörte er plötzlich eine vertraute Stimme: »Da sind Sie ja!«

Er fuhr herum.

Da stand sie leibhaftig vor ihm, lachend und mit einem großen Korb am Arm.

»Seit Wochen such´ ich Sie schon auf allen Märkten«, setzte sie unbefangen hinzu, »weil Sie doch sagten, daß ... «

»Jetzt bleiben wir aber zusammen!« unterbrach er sie.

Sie nickte ernsthaft.

Ja, und wenn sie nicht gestorben sind, dann leben sie noch heute.

Marktgespräch.

Die Erste: In de Zittung isch`s gschdande, wie ma ganz alt wird.
Die Zweite (fragend): Jo Jo?
Die Erste: Alles uf de Sit losse, sich um nix bekümmere!
Die Zweite (zweifelnd): Jo Jo...
Die Erste (entdeckt eine Bekannte): Jo die Frau Meier. Jo wie goht`s denn immer? Isch alles gsund? Was macht Mueder? Un de Mo? Uns Döchderle?
Die Zweite zur Ersten: Wennd so wieddersch machsch, wirschd nit gar so alt.

Biografie

Judith G. Prieberg schrieb über zwanzig Jahre für
Hörfunk, Fernsehen und Kulturzeitschriften. Buchtitel:
Freundbilder I (Portraits alemannischer Künstler und
Kulturmultiplikatoren), »Cinqueterre - Fünf Erden und
ein Himmel«, ein Reisetagebuch.

Judith G. Prieberg lebt und arbeitet wechselweise in
Offenburg und im Château de Valfroicourt.

Besprechungen

»...Aber die Literatur bietet uns auch eine Überraschung durch ein ungewöhnliches Buch, nämlich »Freundbilder I«, von Judith G. Prieberg Was aber am meisten beeindruckt, ist die Meisterschaft, mit der Judith G. Prieberg diese eines Saint-Simon würdigen Portraits gestaltet: bündig, geistreich, gründlich und ohne daß es so aussieht als skizziere sie nur. Wie gut sie das geschrieben hat! Und wann kommt eine französische Übersetzung?«

Fernand Schierer
(Revue Alsacienne de Litterature)

»...Ein sprühend geschriebenes und unorthodoxes Kultur-Panorama des Oberrhein-Tales. Knapp, präzis, voll szenischer Nähe und Aktualität setzt Judith G. Prieberg in diesem Buch ein Mosaik zusammen. Wir treffen - teils in portraithafter Verdichtung, teils in blitzhafter Beleuchtung - 3 völlig unterschiedliche Menschen. Kulturell Tätige, Organisatoren, Künstler - bekannte und unbekannte...«

(Kulturpolitische Mitteilungen)